加計比幾

kakehiki

河内文雄句集

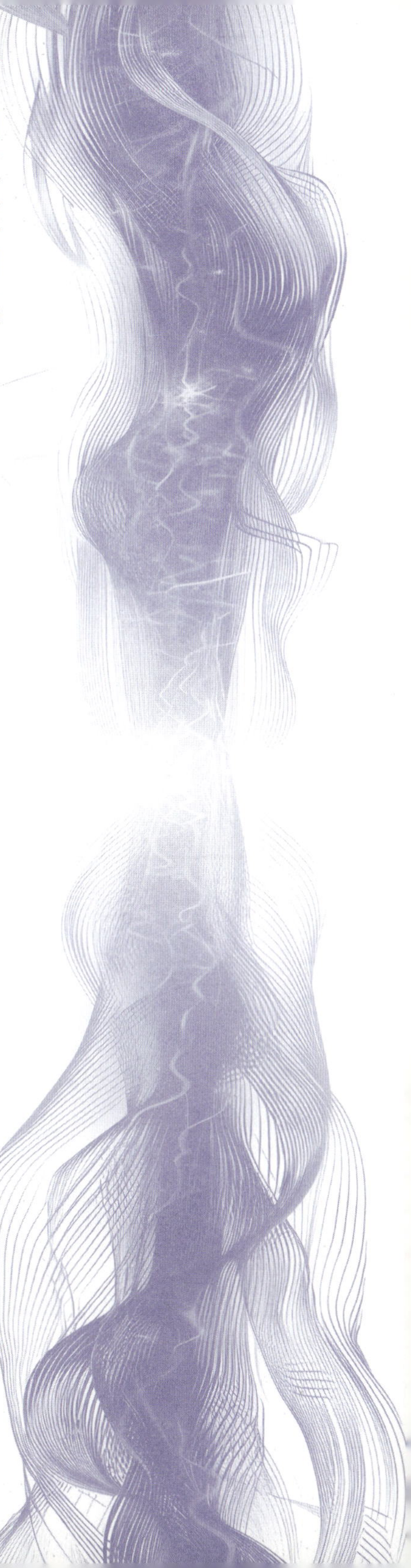

ふらんす堂

目次

句集　加計比幾

睦月

人のゐる人のあはひや去年今年

初富士は天に与せず地に倚らず

焦らすだけ焦らし初日の匆惶《そそくさ》と

マウントを獲り合ふ三寒と四温

省線は死語より古語か初日記

凍り得るものの一つに大都会

孤高とは唐くれなゐの冬薔薇

只事のやうに餅焼き平和なる

涸川に水もどりなば魚もまた

着ぶくれて改札口を一人づつ

石垣のジグソーパズル冬日向

寒九の水泌むや六臓七腑まで

雪合羽生まるる時代間違へて

凧糸にＵＦＯ未だ掛からざる

ギャンブルに絶対はある宝船

人日に拾ひし仔猫汝と名付く

火事熄まず薄暮の底を水奔る

山の端を捲り冬日を差込みぬ

不毛万里わたし以外は全て雪

幸せは疾うに品切れ玉せせり

たましひの蹲踞のかたち鏡餅

雪哭くや己が重さに耐へ兼て

身の内に雪の覆はぬ道ありて
人を鍛へしは氷雪とも云へる

武骨にも低きを目指す寒の水

落魄ゆ冬日の裏は濡れてゐる

日脚伸ぶ吊革に革見当たらず

出羽人は地蔵転がしにて育つ

指呼の地へ流氷は最果ての牙

音紡ぐ二月へ加速するノート

如月

立春大吉力を抜けば指曲がる

舌の根も乾かぬうちに猫の恋

出で立ちの音筒抜けに雪解川

寒明けやさて何処へと信号機

文字盤の十時のあたり枝垂梅

運といふ雪崩を食止むる手立

脇役がいまや主役へ芝ざくら

何時までも皿舐りをり孕み猫

飯蛸に尻と云ふもの有《あり》耶《や》無《な》耶《し》

近似値をつらね二月の時刻表

雪虫の出づる消ぬるは風任せ

太宰府や造花とまがふ梅の艶

如月の退化の背筋伸ばしけり

靴紐のやうな人生なごりゆき

浅春と言葉にすれば嘘つぽく

地上には楽園ありとぼたん雪

はる風に佇つ銅葺の道しるべ

東風吹かば世界終末時計鳴る

東風吹けど鬼門は常に工事中

どか雪の威力まざまざ朝の底

短足の銅像バレンタインの日

恋猫の人とて同じやうなもの

哀れとは余寒に迷ふはぐれ猫

長椅子に座る仕草の春めきぬ

動かねば見えぬ雪虫ゆき太り

身じろがぬ早春のそら青々し

万年を絶やさぬ野焼き草千里

裏声の出し惜しみなむ揚雲雀

播州の春は里から抜かりなく

百年のレールのかたち二月尽

弥生

初蝶の背負ふは翅とはねの影

封筒に春の愁ひを籠めしころ

痼性に遅日を回すハムスター

握りても握れぬものに春の闇

学び舎へ遅日の道は白く細く

悪人が一人も居らぬ日永かな

あと託す接木に不穏なる角度

春を漕ぐ尻の窪みを鞍に乗せ

朧夜のをとこつまづく鼻濁音

陽炎のものみな揺らす力わざ

受け止めてまるく収むや風車

溜るべくして春塵の溜り行く

三月の雨まち角のラビリンス
水温む木にも人にも洞ありて

猫の眼に狩猟のひかり春疾風

霞より街を取り出す手際かな

ただ事の据わり宜しき雛納め

長閑しや矢鱒五差路の多き街

ため息に春の灯しの滲むころ
春愁のをさめ処が見当たらぬ

即かず離れず陸を漂ふ石鹸玉

糸遊や野性秘めたるゾウの鼻

切り株の黒ひと色や涅槃西風

揺揺と遅日の坂をのぼりけり

初てふに隙の在りせば絹の雨

足裏より大地の重さ木の芽時

たいまつに闇の総出やお水取

春眠が寝ても覚めても傍らに

村であることの広さを榛の花

砂出しの浅蜊ぶつぶつ海訛り

卯月

万愚節回転ドアはまはり過ぎ

鳥のもの鳥にかへして花の山

春雷が小夜の停電連れ来たる

幾たびか染井吉野の謂れなど

花明り手掌手背のあはひにも
海棠のつぼみの膨れ寮母めく

二度見する夢あざらけし紅椿

花どきの風の如くに疎まるる

白木蓮は既存の空を染め直す

黒御影濡れてかはづの目借時

桜出のあまた人見の候なれば
丸顔は花見の客と見做さるる

個性とはあてど無きこと花筏

断乳の遂にその日の山葵かな

春惜しめやも天性の喋り下手

あめつちを問はず桜の繚乱す

花万朶口とは声を漏らすもの
子作りをかくも桜は賑はしく

春雨を縫ひ角材のやうなバス

差し色をとほ避けてをり雪柳

花莚立つも座るもこゑ出して
ただなかに碧き太陽黄砂降る

花アザミ毛脛哀しむ乙女はも

風の熄む気配なかなか藍微塵

水遣ふわざ水耕のヒヤシンス

弘前の花に無縁の咲き惜しみ

桜しべ降るやアドラー心理学

藤房は揺れ山肌のにほひ立つ

春昼のやたら調子の良き読経
平仮名の業務連絡はるをしむ

皐月

分かってる淋しい夏になる事は
ありふれた存在なのに字が躑躅

竹の皮脱ぐに羞恥の無かりせば

芍薬は凡夫のやうに散ると言ふ

糸蜻蛉着瘦せするには非ねども

父親は粗目の砥石こどもの日

海芋錆び尽す平時のただ中に

緋牡丹や血の行き渡る夜の爪

まなうらの君影草は色褪せぬ
屋上の薄暑を包む空ひろびろ

無垢の土踏むこと久し麦の秋

陸橋にうらおもてあり若葉風

朴の花悠揚として他を知らず

石楠花の群落雲を突き抜けて

道をしへ素直ならざる人許り

地の乾ぶとも恬淡と花あやめ

虹すらも怖ぢると高所恐怖症

芍薬は演歌牡丹はオペラなる

青芝へ尻は身体を引き寄する

惜別の風ハンカチの木の花へ

記憶はや継接ぎだらけ明易し

かはらけの遠投にコツ風薫る

近景も遠景もみなむぎばたけ

角なまるレールの継目若葉騒

着水し着地し雹は消ぬるのみ
似て非なる一人と独り水中花

伸びしろは頼り無きもの袋角

舟虫の背後にまはること難し

あま酒に酔ふ末代までの不覚
薪能威嚇も慈悲も歯を見せて

水無月

生き生きて巨樹千年の青時雨

黒揚羽死地は戦場のみならず

白百合の光は翳のありてこそ

江戸風鈴けふも持論を滔々と

黄金虫てふ二枚目の役どころ

影持たぬ人と行交ふ夏至の街

鮎の鰭川の縫目をさかのぼる

奔放を身ぬちに封じ濃紫陽花

蝸牛いづくに海を置きわする

葭切やみづの移動を川と云ふ

やま積みの予定押し退け祭體

青蔦のつつみ残せる出窓かな

水無月の水の飽和や水田べり

風鈴の沈み音ゆゑに売るる由

川の子は鮎の死角へ竿振れり

郭公や台詞がひとつだけの役

現住所持運びをりかたつぶり
大瑠璃を上総の空の喩へとす

一隅を石榴の花の照らしある

ふたたびの小人物へ昼寝覚め

雑踏をひと先づ畳み生ビール

梅雨の傘一人二人と数へらる

蛍火の軌跡の幅の揺らぎをり

黒南風や音なく伸ぶる草の丈

絵のやうに蜻蛉生まるる水鏡

梅雨寒を羽織り近江の人力車

口籠ることに本音や青葉木菟

家に風とほす網戸も開け放ち

蛸壺が蛸をかくまひ通すゆゑ

メアリーは二十歳の客死夏木立

文月

陶枕の恐れ入りたる石あたま

鈍角の醸す不条理ありぢごく

艶消しの昭和切り売り月見草

鬼門より匙を差し込むかき氷

隻眼のいぬふるへをり炎天下

さりとても手柄話の無き帰省

荒神輿ひと悶着をたてまつる

ラベルの字擦れ晩夏の硝子瓶

遠泳のあとを残さぬ土踏まず

赤茄子の日向臭きを懐かしむ

たましひの渋滞せしや大夕焼

夏痩の余禄ベルトの穴ひとつ

原色の水着に身体差し込みぬ
網戸越し闇と気息を通じ合ふ

夕虹へそらの庇を貸してやる

野暮用に野暮用の無し熱帯魚

窓よりの西日が惑ふ居間の奥

稜線のメロディライン雲の峰

路地の児の夏は隣家に長逗留

金色のサンダル大店の土間に

飛車角の殺し殺され夏の果て
利き腕も軸足も右ハンモック

邑・旱魃に残れど飽食に消ゆ

夕凪や手にずつしりと鍵の束

炎昼が甲府盆地を埋めて行く

折り畳む麦藁帽子ポケットへ

邪教へと誘ふ短夜のチャイム

有体に言へば貴方は茄子の蔕

香水は盾をつらぬく矛にして
廃線は晩夏の先へ延びてをり

葉月

あなどれぬ台風生後三日とて

残像へ虚無の浸み込む流れ星

焼きたての復刻パンや花野道

抱くと抱き締めるは違ふ秋扇

ペガサスの前脚の蹴る大花野

彼の人は意表つくつく法師蟬

くちびるの薄き女や血止め草

秋出水画像となれば他人事に

三億のヴィオロン毀損秋出水

秋立つと謂へど光の痛きこと

家籠りや大地の処暑を諾ふも

ひな鳥の学ぶ羽ばたき天の川

桐一葉隣家と空を分かち合ふ

煩悶す夜食の箸の折るるやに

取り付きて一気の坂や盆の月

目に見ゆる時の移ろひ酔芙蓉

触角の未だ触れざる桃を食む

流星に不意衝かるるも縁かな

身ほとりの残暑豊かに巡回す

三伏を名古屋走りのバス無双

断捨離の断につまづく花木槿

手のひらの桃の産毛の強情な

悲しみを笑ふをんなや鳳仙花

底紅のすずろに夜を纏ひつつ

残業へなだれ込む日や葉鶏頭

新涼の遊みごころが海を欲る

蜩や膝を抱へてガーシュイン

台風は目を丸くして迫りくる

秋澄むや輪郭際やかにピカソ

稲妻がそらを貫くまでのこと

長月

とことはに夜は日を追ひ破蓮

三日月の余白は月の気配のみ

鰯雲ゾルバダンスをもう一度

夜長の書閉ぢて卵の深ねむり

月光の夜をあふるる音にして

野分てふ天に赦しを得ての乱

幾たびも月は己を繰りかへす
水底の月ふつくらと夜を待つ

冷ややかや雨音に雨かさねつつ
丸からむ金木犀の香のかたち

芋の葉の縁より零れ露終はる

木賊刈る地球が少し動く間に

眉月を細く刷きたる天空《そら》の艶
たなごころ包み余せる大南瓜

流星は大気のよどみ襲ひたる
里芋のやうなこころに卸し金

苔玉のいびつに露の嵌りけり

後悔と言ふか言はぬか後の月

名月と言はれ居心地悪さうに

借りものの言葉ぶかぶか秋袷

翡翠に水面割くわざ閉づる技
月光は虚実のあはひ通り抜け

十三夜あたりは月の影武者か

竹の春邪馬台国はこのあたり

白桃の果肉はほろと色付きぬ
満月はいま森ビルの中ほどに

陽が上る前よりいわし雲待機

秋澄むや水面に然るべき厚み

原色の墓標なりせば曼珠沙華

秋のころ時折2万ヘルツ超ゆ

神無月

草の穂を風の粗忽が吹き残す

爽籟や島は水面がつくるもの

背を丸め馬鈴薯の芽を丹念に

切なさを重さではかる鯊日和

口上は最早これまで捨案山子

秋澄むや絶食五年グソクムシ

遠避けよ檸檬のごとき凡庸を

紅葉且つ散るや手帳に裏表紙

隔壁の見えぬ生と死一位の実

鳥ほしいままに小枝の木守柿

霧を行く己ひとりを杖として

逝く秋の雲に山湧く信濃かな

栗のいが踏みて初恋実らざる

圏谷をのつぴきならぬ天の川

櫨紅葉かくも激しき静けさを
神の木に宿るほとけや天高し

白壁は蔦の影のみ引き受くる
模索せる現代アート榠樝の実

切れ長の目のひたぶるに毒茸

国守りし旗艦は陸に百舌鋭声

あまねしや苅田に戻る土の色

新入の案山子の顔の白きこと

秋蝶の尚伸びやかに撓やかに

勝算の有りて林檎の皮を剝く

魁が木の実となりて地に零る
露の世に浮く赤錆と黒さびと

土産にはやや重過ぎる富有柿

夜明てふ時の継ぎ目を茨の実

良く知らぬ己の素顔とろろ汁

はかなさは空に凭るる二日月

霜月

腹黒きをとこなれども息白し

純情は美徳といへぬ花八つ手

しぐるるや水の礫が理不尽に
おでん酒竹輪の穴は覗くため

迂闊にはは仲裂きがたし泥と葱

冬空を人差しゆびが生む窓辺

あるじ亡き手袋なれど福々し

凩や明日が欲しい訳ぢやない

鍋釜の底まろやかに小春日和

霜や大河に流されてゐる自覚

陽の差さぬ庭専横に石蕗の花

枯蓮へ死は一枚の素紙のごと

居場所なき大気こぞりて凩へ

米を食べ尽くし勤労感謝の日

呼び覚ます前世の記憶虎落笛
名の木枯る満場一致なる欺瞞

思ひ出のかけら五弁の帰り花
散り果てて凩にあたらしき径

石庭の海たひらかに冬のてふ

然りながら狐に憑かぬ狐憑き

ドア時に人生の岐路ずわい蟹

小春日の犬とヒト並む交差点

木枯を裂き救急のドップラー

霜月や網に掛からぬ魚のこと

朴訥な海鼠の肚にみぎひだり

火に蓋を被せ灰へと小夜時雨

冬ざれの声なき街を過りけり

冬桜ライトアップの二度務め

鴛鴦は仮面夫婦と知らさるる

牡蠣剝くや長講釈の疎ましく

師走

いやや高く天に間借りの大根干

貧困に寒き磁力のやうなもの

背伸びして心を挫くもがり笛

坂といふ町のリズムや実南天

明示より暗示ゆたかに里神楽

熱燗や嘘とまことは眼に宿る

乗り合はす咳と噫や路線バス

歳晩の手持資金の無沙汰なる

鎌鼬ぢやつどん地球回りよる

小説より事実は苦なり九条葱

背凭れと背骨の会話冬ぬくし

云ふなれば海鼠の油断感嘆符

歳晩の信ずるに足る時計かな

冴ゆる夜の星を些か近く置き

雪催ハシビロコウは踊らない

舞ひ下りてがに股あらは寒鴉

最強はかろき言葉や寒波来る

秀吉を看取るがごとく冬没日

隙間かぜ錐体外路すり抜けて

砂浜を割く小流れや冬ざるる

水のこころ芯まで乾き粉雪へ

韜晦を闇の吸ひ込む寒さかな

布団干す東海道の突き当たり

餅奢りしお抱への車夫文豪に

究極のオリジナルてふ餅の罅

介護なる寒き務めを柔らかく

ボクサーの交はす拳や竜の玉

リセットの合図遍く除夜の鐘

篤実なカバンのままに越年す

明日はどの面を下げむと大晦日

あとがき

子どもの頃からずっと、明日のために今日を犠牲にするという人生を歩んできました。

若い頃はそれなりに悩んだり焦ったりしたこともありましたが、長ずるにしたがって、自分の人生は所詮こんなものだと諦めるようになりました。

ところが世の中は何が起こるか分かりません。大きなしあわせとは無縁だった自分は、晩年に至り、自分の句業を纏めるという喜びを知ることとなりました。

自分は、このような句集を編みたいと思い、このような句集を編みました。その単純な一事を以て、今まで無駄だと思って来た遠まわりの日々が、突然、意味のある時間の連なりへと変貌を遂げました。

これは間違いなく俳句の効用です。しかし、それだけでは無いことを教えてくれたのは彼らです。世間では、仏の顔も三度までと言いますが、彼らは何と、七度にわたり、我慢強く、辛抱強く、忍耐強く、私のワガママに付き合ってくれました。

今回もまた私は、チームワークの結晶を手にして、ひとときの幸福感に浸ることでしょう。そして再び、すべてを飲み込むブラックホールのような「明日」へ帰って行きます。

河内文雄

令和六年九月

著者略歴

河内文雄（こうち・ふみお）

昭和二十四年　岐阜県飛驒高山にて出生

平成二十八年　「銀化」入会

令和二年　第一句集『美知加計』（ふらんす堂）

令和三年　第二句集『美知比幾』（ふらんす堂）

令和四年　第三句集『宇津呂比』（ふらんす堂）

　　　　　第四句集『止幾女幾』（ふらんす堂）

　　　　　第五句集『真太太幾』（ふらんす堂）

令和五年　第六句集『安止左幾』（ふらんす堂）

現　在　「銀化」同人　俳人協会会員

現住所　千葉市稲毛区小仲台二−一−一−三三〇一

Mail　kouchi-fumio@nifty.com

句集　加計比幾（かけひき）

発　行　二〇二五年二月二〇日　初版発行

著　者　河内文雄

発行人　山岡喜美子

発　行　ふらんす堂　〒182-0002東京都調布市仙川町一―一五―三八―2F

電話〇三―三三二六―九〇六一　Fax〇三―三三二六―六九一九

ホームページ https://furansudo.com/　E-mail info@furansudo.com

装　幀　君嶋真理子

印刷所　日本ハイコム株式会社

製本所　株式会社松岳社

定　価　本体三〇〇〇円＋税

※乱丁・落丁本はお取り換え致します。

ISBN978-4-7814-1715-8 C0092 ¥3000E